문학과지성 시인선 563

때때로 캥거루

임지은 시집

문학과지성사

문학과지성사에서 펴낸 임지은의 시집

무구함과 소보로(2019)

문학과지성 시인선 563

때때로 캥거루

초판 1쇄 발행 2021년 11월 26일
초판 4쇄 발행 2023년 10월 20일

지 은 이 임지은
펴 낸 이 이광호
주 간 이근혜
편 집 박선우 최지인 이민희 조은혜 방원경
펴 낸 곳 ㈜문학과지성사
등록번호 제1993-000098호
주 소 04034 서울 마포구 잔다리로7길 18(서교동 377-20)
전 화 02)338-7224
팩 스 02)323-4180(편집) 02)338-7221(영업)
전자우편 moonji@moonji.com
홈페이지 www.moonji.com

ISBN 978-89-320-3926-8 03810

문학과지성 시인선 563

때때로 캥거루

임지은

시인의 말

잠은 빠져들기 좋은 과일이다
나는 맛있게 먹었다
이를 박고 꿈이
다 녹을 때까지 일어나지 않았다

2021년 겨울
임지은

때때로 캥거루

차례

해설

1부

웃음의 진화

코미디 프로를 봅니다 우리가 같은 프로를 보는 게 맞나? 할 정도로 너와 나의 웃음 포인트가 다릅니다 웃음은 만국 공통어라던데, 웃는 얼굴에는 침도 뱉을 수 없다던데

웃을 수 없는 나날이 이어지고 있습니다
문제를 풀기로 합니다

어떤 상황에서 웃어야 할까요?

① 아끼던 반지를 저금통에 빠뜨렸습니다
② 저금통 배를 갈랐는데 반지가 없습니다
③ 사실 아꼈던 건 저금통이었던 것입니다

나는 배꼽이 빠지도록 웃고, 너는 웃지 않습니다 우리가 사랑하는 게 맞나? 싶을 정도로 너와 나는 다릅니다 다르니까 사랑하는 거지, 같아지려고 애써보는 거지

웃음이 진화하면 사랑입니까?

그렇습니다

그런데 사랑하는 사람들은 왜
모두 울고 있습니까?

너무 사랑해서 웃음을 아끼고 있는 겁니다

러시아 형

러시아에서 형이 왔다
반복을 싫어하는 형은
나름 노력하지 않는 삶을 살아왔다

형은 아직도 컵에 물을 따르다 흘린다
머리를 감다 윗옷을 버린다
형은 말한다, 반복은 많은 것을 앗아간다고
그중엔 신비도 있다고

노래는 하면 할수록 잘 부르게 되는데
살면 살수록 잘 살아지지 않습니다

당연합니다
잘되는 게 이상한 겁니다

형은 조언한다, 인생에 대해 새로운 관점을 가져보라고
실패는 반복할 수 있지만 늘 새롭다고
그래서 신비롭다고

나는 백 년 전에 죽은 사람의 책도 읽어보고
믿음도 없이 성당에 가보고
버스를 타고 모르는 곳에 내려 여기가 어디인지 잃어버리고 말았지만

□ 세상의 모든 파프리카 먹어보기
□ 오후 4시에는 행복하기
□ 천사의 재료가 뼈라는 것을 기억하기

형의 수첩에 적힌 목록은
지워질 수도 있고 지켜지지 않을 수도 있지만

적어보는 행위에 의미가 있고
적는 것에 실패해도 좋다

형, 아무래도 전 잘못 태어난 것 같아요

형은 거듭 말한다, 잘못은 신비롭다고
세상의 많은 것은 잘못 때문에 태어났고

잘못은 반복하지 않는다는 증거이며
잘못은 블라블라……

아, 알겠어요
그만해요, 형

형은 술에 취했다
드르렁드르렁 코를 곤다
형은 러시아에서 왔다
형식주의자다

하루는 일어나는 것으로 시작합니다

주위를 둘러보면
일어나야 할 것이 한두 개가 아닙니다
그래, 세상에서 가장 긴 이름을 가진 개야
너도 어서 일어나렴

의자는 평생을 앉아 있습니다
아니, 정작
앉아 있던 것은 사람

침대에 누워 의자의 말을 듣고 있는
나는 게으른 사람입니다

현관문 앞에 선인장이 말라비틀어지고 있습니다
제때 물을 주지 않았으니까요

제때 마음을 줄 줄 모르는 사람과
클래식을 들으러 갔습니다

베토벤, 바흐, 모차……르트, 드뷔……시……

클래식은 잠드는 음악이 아니지만
세상에서
가장 긴 속눈썹처럼
자꾸만 감기는 것이 있습니다

힙합 이스 스탠딩
클래식 이스 슬리핑

이 무슨 바보 같은 소리냐고 했지만
보세요, 방금
당신 얼굴에서 일어난 웃음

포획을 피해
상아 없는 코끼리가 태어나듯
편견을 피해 종류 없는 사랑이 태어납니다

개와 새가 하는 사랑
하나와 여럿이 하는 사랑
겨울과 초여름이 하는 사랑

애꾸눈이와 외눈박이가 하는 사랑

가끔은 내게 진실을 준대도 말할 입이 없고
세상에서 가장 긴 이름을 가진 개가
실은 조오오오오오오오오오오오오온나,었다는 사실

힙합 이스 스탠딩
클래식 이스 슬리핑

움직이기로 한 후
한 번도 쉰 적이 없는 턴테이블처럼
발끝은 머리에게서 가장 멀어질 수 있습니다

이제 좀 앉을까요?
우리는 꽤 오래 서 있었습니다

기분 상점

창문을 여는데
죽은 새를 만지는 것 같았다

이건 누구의 기분이지?

기분을 사러 갔던 최초의 기분을 생각했다

사방이 유리인 가게에서
갓 태어난 아이의 기분을 샀다
연애편지를 쓰고 있는 사람의 기분을 샀다

정확한 기분을 느끼고 싶었지만
기분은 언제나 다른 기분과 조금씩 섞여 있었다

안개+레몬=깜짝 선물을 받은 기분
냉장고+인형+시체=심야 택시를 타고 가는 기분
미용실+아스파라거스+돌+향신료=『백 년 동안의 고독』을 읽은 기분

어떤 기분은 사람을 죽일 수도 있다고 들었다
나는 자주 그런 기분에 휩싸였다
그럴 땐 서랍을 열어
달리고 있는 개의 기분을 삼켰다

심장이 터질 것 같은 개의 기분은
근육으로 만들어졌다
주인으로부터 출발했다
자꾸 밖에 나가자고 졸랐다

불안과 볼링 핀이 쓰러지기 전에 집을 나왔다
도로 한복판의 비둘기가 움직이지 않았다
죽음의 수행원인 걸까?

나는 손끝이 베인 것 같은 기분이 들었다
엄지손가락을 빨자 피맛이 났다
기분일 뿐이었는데
단지 기분일 뿐이었는데

어떤 기분은 사람을 죽일 수도 있다고 들었다
나는 자주 그런 기분에 휩싸였다

퇴적층

계단을 이용해야 갈 수 있는
건물이 있었다

올라갔다

5층은 떨어지기에 적당한 높이여서 자주 창밖을 쳐다봤다

11층은 혼자 있으면 무서울 만큼 넓어서
12층에선 혼자 있고 싶을 만큼
좁아졌다

18층과 같은 높이에는
후회되는 후회와
걱정 인형, 읽고 덮어둔 소설들이 있었다

23층 손잡이를 돌렸지만 강제로 열면 부서질 것 같았다
들키고 싶지 않은 걸음으로

올라갔다

26층에선 마르고 야윈 사자와 싸움을 했다
27층으로 도망친
나는 급격히 마르고 야위어서
좀 전에 싸운 동물이 혹시 사람은 아니었는지 의심해야 했다

33층쯤 다다르자
여기가 몇 층인지 중요하지 않았다

밖에 비가 오는지, 바람이 부는지
왜 이 건물에선 사람이 한 명도 지나다니질 않는지
별게 다 궁금해졌다

(건물은 올라가면 내려올 수 없다는 점에서 나이와 같았다)

37층에 이르자 바닥이 솟구치고
창문이 심하게 흔들렸다

3년 전에 일어난 이별의 여진이었다

(건물은 과거를 잘 잊지 못한다는 점에서 뒤끝이 있었다)

끝에 뭐가 있을지 알 수 없다는 점에서
옥상은 죽음보다 창의적이었는데

물탱크가 떨어졌다
외벽이 떨어졌다
사람이 떨어졌다

건물은 언젠가부터 무너지고 있었는데
정작 안에 있는 사람은 모른다는 점에서
다 읽은 장편소설의 마지막 페이지 같은 위안을 안겨
주었다

대충 천사

천사가 있다면
자르다 만 핫케이크에 누워 있을 텐데
아무도 알아보지 못해서
나만 안다

천사는 대충을 좋아한다
대충 싼 가방을 메고 피크닉 가는 것을
몇 개의 단어로 일기 쓰는 것을
좋아한다

그러니까 천사는
모든 것이 대충인 세계로 온 것
좋아해서 그어놓은 밑줄 위에 천사가 누워 있다

좀 전에 벗어놓은 추리닝을 입고 있는
천사는 튀어나온 무릎만큼
상심한다

인간은 악취 위에 뿌린 냄새 같아서

향수로도 잘 감춰지지 않고

틀어놓은 음악을 함께 듣고 있지만
자기 자신만 듣느라
천사가 곁에 있다는 걸 알지 못한나

나의 이어폰으로 놀러 온 천사여,
지금 그 기분을 벗지 말아요

죄가 아니다

전화벨이 울린다
두 손으로 귀를 틀어막는다
전화를 받기 싫은 건 죄가 아니다

나를 미워하는 사람의 수가
두 손을 합친 것보다 많다
손가락이 열 개뿐인 건 죄가 아니다

친구는 태어난 적 없다
혼자 있다
친구가 태어나지 않은 건 죄가 아니다

마음은 사전 속에 있다
[명사] 찾으면 사라지는 공간
마음이 바깥에 없는 것은 죄가 아니다

가까운 약국은 문을 닫았다
먼 곳까지 가서 두드렸다
문이 열리지 않는 건 죄가 아니니까

갈 곳이 없다
갈 곳이 있다면 죄가 사라질까
갈 곳이 없다는 게 죄는 아닐까

당신은 당신인 게 나쁘지 않았다
나는 내가 나인 게 죄 같았다

연락이 되지 않으니까
마음이 빵 봉지처럼 벌어졌으니까
늦은 밤마다 약국에 가고 싶으니까

귀가 아플 때 먹는 약 좀 주세요
제 이름이 듣기 싫습니다

내가 나인 건 어쩔 수 없는 일이라고
선생님은 입술에 달라붙은 선의를 떼어냈다

내가 삼킨 건 부르고 싶은 이름일 뿐이었는데

모든 것이 죄가 되었다

버스를 타고 용서를 구하러 가야지
창밖으로 무해한 불빛을 세야지

이 불빛이 끝나는 곳에 문을 연 약국이 있다
죄가 아닌 마음이 있다
바깥으로 만든 사전이 있다

#집에가고싶다

우리 중 누군가는 집에 가고 싶다
집에 가려 하고 있다
집에 가는 중이다

집에 가고 싶다는 게시물에 좋아요,를 눌렀다
친구에게 집이냐는 문자를 보냈다
집에 관한 시를 읽었다

집에 가고 싶어 미치겠네 (김민정 ver.)
왜 집에 가려 함? (박상순 ver.)
책상을 쾅 두드려 집에 가려는 나를 아무도 막을 수 없다는 인상을 심어줄 수 있다 (문보영 ver.)
집은 희지만 어두운 세계 (황인찬 ver.)

집에 가는 시간이 늦어졌다
집에는 무기력이
카펫 위에 엎지른 우유 한 잔처럼 깔려 있었다

그러니까 우리 중 누군가는 집에 가지 않으려고

감자에 싹이 났다
비누가 거품을 뱉었다
자전거가 바퀴를 버렸다

집은 어디로도 움직이지 않았다
집이 가벼워지게 해달라는 기도를 했다
우리 중 누군가는 더 이상 어떤 기도도 하지 않았다

태어나는 순간과
죽는 순간은 무섭게도 같았다
내가 할 수 있는 것이 없었다

마음속에서 단단한 집이 무너지고 있었지만
춥고 힘들어 이제 그만 가고 싶었지만

집은 처음부터 어디에도 지어진 적

대체

여행을 다른 말로 대체할 수 있다면
여행도 여행을 떠날 거예요

점프슈트를 담은 트렁크와
컨테이너 벨트를 돌며
건져 올려질 순간을 기다릴지도

알로하, 쥬템므, 구텐탁

이곳의 나쁜 버릇도
저곳에선 좋은 습관이 될 수 있다더군요

기쁠 때 운다는 두꺼비처럼
최고의 울보에겐 올해의 기쁨상이 주어질지도

알로하, 쥬템므, 구텐탁

모르는 언어들 사이에 있다는 게 위안이네요

사랑한다는 말에
배고파요,라고 대답할 수 있는 것처럼
웃음 위에 눈물을 입어도 좀 과한 패션인 것처럼

알로하, 쥬템므, 아디오스

모든 게 빠르게 수리되고 있는 세계에서
여행은 얼마간 고장이란 말로
대체될 거라더군요

시력을 되찾은 자의 안경처럼
철창 안에 두고 온 파피용의 줄무늬처럼

나는 고장이 나려고 합니다

생각 노트

♭ 윙윙

에어컨 앞에 있었다
덥다는 생각을 춥다는 생각으로 덮으려고

"그 앞에 오래 있는 것은 좋지 않아요"
지나가는 사람이 말한다

어떤 생각이든 오래 서 있으면 다리가 아팠다
잠시 앉는 것으로 생각을 잊었다

☞ 똑똑

생각을 열고 들어가면 시차가 생긴다

한낮의 도서관을 열자 모두 잠든 독서가 이어지고
비누 거품 묻은 문을 열자
목욕 시간이 이어지는

아침에 하던 생각을 저녁에도 한다면
문은 열리지 않을 것이다

€ 끼익

바퀴가 지나간 흔적으로
운전자의 생각을 읽을 수 있다고
믿는 법의학자는 다음의 생각을 공식화한다

자동차 사고 직전의 생각 = $\sqrt{254}$ × 스키드 마크(m) × 핸들을 잡은 손가락의 개수(km/h)

핸들을 잡은 손가락이 모자란다면
그는 깊은 생각에 빠진 것이다

넘쳐난다면 다른 사람이 하는 생각에 끼어든 것이다

☎ 링링

생각 속으로 전화벨이 울린다

여보세요?
잘못 거신 것 같은데요
그런 생각 없습니다

나는 이제 잘못된 생각에 사로잡힌다

"그 앞에 있는 것은 좋지 않아요"
누구의 목소리였는지 알지 못하고

넘치는 손가락을 주머니에 넣는다
내가 하는 건 벽에 대한 너의 생각이다

문이 열리자 벽이 멈춘다

때때로 캥거루

새로운 땅에 도착한 사람들이 물었다
저 동물의 이름이 뭡니까?

간단한 차림의 원주민이 말했다
캥거루?

주머니가 있는 동물이었다
캥거루의 정체성은 다름 아닌 주머니에 있었다

가끔 주머니 없는 캥거루가 태어나기도 했다

*

궁금한 게 있었다
너는 모른다고 했다

몰라는 주머니가 있는 동물이 아니었지만
뭔가 담아야 할 것 같았다

고민을 눌러 담자 토끼가 튀어나와 귀를 접었다
몰라의 정체성은 모르는 것에 있었다

가끔은 알아도 모른 척해야 했다

*

여기가 어디죠?
차에서 내려 물었다

다름 아닌 여기죠
주머니가 있는 대답이었다
가까운 곳과 먼 곳이 불룩해지는

나는 몰라입니다
때때로 캥거루입니다

고민만큼 뛰어오르길 즐기다
높이뛰기 선수가 되어버린 캥거루

주머니 없는 얼굴을 마주할 때마다
맨발을 신은 채 도망치고 싶은 캥거루

그러다 무릎이 까져도 좋았습니다

잘 알기 위해서
조금은 모르고 있어야 한다는 것이
일어서기 위해선 먼저 넘어져야 한다는 사실이

2부

언어 순화

사람들이 하는 말을 기록하기로 했다

할머니는 욕을 밥 먹듯이 했다
하루에 한 끼만 드셔야 할 듯

아빠는 믿는다,로 모든 대화가 가능했다
밥은? 믿는다
학교는? 믿는다
나는 아직까지 믿는 종교가 없는데

함께 방을 쓰는 언니는
무슨 말을 해도 방이 생기지 않아서
성격이 생겼다

유치원생인 조카는 똥을 똥이라 했는데
그게 나쁜 말인지 아닌지 알 수 없었다

애인에게 이럴 거면 헤어져,가 튀어나오려는 걸
이러지 말자고 고쳐 말했다

제기랄 대신 오 예를 사랑했다

한밤중의 와이파이는 지지직거리고
냉장고에선 긴힐적으로 웅웅 소리가 났다

궁금한 것이 있어 컴퓨터 앞에 앉았다
404 not found*
404 not found

그건 기계가 하는 나쁜 말이었다

잘못된 길에 들어서도
새로운 경로를 제시하는 내비게이션처럼
조금 돌려 말할 줄 알았을 뿐

어제의 나쁜 말은 오늘의 나쁜 말이 되었다

* "페이지를 찾을 수 없습니다".

감정 교육 뉴스

우리 사회에서 가정교육은 항상 중시되어왔습니다
어떤 게 진짜 감정인지 알 수 없을 땐 엄마에게 물어보면 좋은데요
엄마는 많은 것을 결정할 수 있기 때문입니다

김대기 기자와 연결해보겠습니다

"나한테 왜 그랬어요?"
"모두 널 위한 거야 너도 크면 이해할 거다"

저는 엄마와 아들이 싸우는 현장에 나와 있습니다
아들인 이 모 씨는 엄마가 정해주는 감정에 따르지 않겠다는 입장인데요

"엄마가 하라는 대로 했는데 행복하지 않아요
행복은 엄마가 했겠죠"

감정 전문가와 연결해보겠습니다

"감정을 결정할 수 없는 상황이 자주 일어난다면
평소에 감정을 기록하는 습관을 들이는 것이 좋습니다"

한편, 감정을 느껴보려는 이가 많아지면서 한 제약 회사는 감정 치약을 개발하는 데 성공했나고 합니다
감정 치약을 칫솔에 묻혀 닦아주기만 하면 되는데요
치약 속 감정 유발 물질이 여러 감정을 불러일으킨다고 합니다

그럼 제가 한번 닦아보겠습니다

"야, 이 씨!"
(카메라가 꺼진다)

나는 뉴스를 끄고
행복, 안도, 불안, 기쁨, 착잡, 초조, 허무, 답답, 실망, 섭섭, 끔찍, 기대, 들뜸, 민망, 미묘, 따분, 편안, 이질, 동질, 경이, 흥미, 재미, 괴리, 당혹, 충격, 심드렁 속에 있었다

감정은 입구와 출구가 멀었다
한참을 달려도 나갈 곳을 찾지 못했다
나는 안에 있었다

감정이 있었다

삼한사온

해변을 걷는다
지구가 우울해서 빙하가 녹고 있다
1년 중 제일 바쁜 감정

화가 날 땐 음악을 끼얹으면
찬물과 비슷한 효과를 볼 수 있습니다
그런데 왜 계속 화가 나는 걸까요?

40분 울고 나면 10분은 쉬어야 한다는
네안데르탈인의 수렵 방식은
현재에도 유효하다
그래야 더 오래 울 수 있다

3일간 행복하면 4일간은 우울했기에
행복한 게 두렵습니다
괜찮아요
요즘엔 기후가 예전 같지 않아서
삼한사온은 옛말이거든요

대신 시도 때도 없이 우울해진다
행복해지진 않고
다음의 다음을 예측한다는 건
슈퍼컴퓨터의 할아버지가 와도 어려운 일

아직 변하지 않는 진리는
지구가 돈다는 것이지만
모든 것이 조금씩 변하고 있으니까
언젠간 제자리인 지구를 목격할 수도

슬픔의 산봉우리가 물에 잠기고
기쁨의 알갱이가 녹는다
용기가 천천히 썩는다
답답함이 구름을 덮고 있다
작은 일에도 흥분이 가라앉질 않는다

성격에도 온난화가 진행 중이다

그럼에도 상자하고

받는 사람 없이
택배가 왔다

가족: 각자 자신에게 온 것이라고 주장하는 사람들

이 상자는 제 것이 분명해요
열어보지 않아서 알 수 없지만……
소중한 것이 들어 있단 느낌이에요

느낌만으로 증명할 수 있는 것은 없었다

이 상자는 제 것이 분명해요
한쪽 구석이 찌그러진 게 증거예요

증거는 언제든 찌그러질 수 있었다

이 상자에는 가져서는 안 되는 것이 들어 있어요
아무도 열어보지 않는 게 그 증거죠

이상하지만 설득력이 있었다

*

어떤 상의도 없이
저녁이 왔다

중요한 것이 들어 있다면 열어봐야 하지 않을까요?

상자를 흔들었지만
아무 소리도 들리지 않는군

열고 싶다면 아주 좋은 열쇠가 필요해요

어떤 소리도 상자 안에 가둘 수 없었다
상자를 여는 방법까지
잠가버렸기 때문에

제가 열겠습니다

듣던 중 반가운 소리였다

*

여는 순간 아침이 밝아왔다
상자에는 　　　　이 들어 있었다

나는 아무것도 보이지 않는데……
엄마는 안경을 가지러 어제로 갔고

지금만 존재한다고 믿는 아빠는 오늘을 살았다

매번 늦는 오빠에게
미래는 아주 약간씩 느리게 도착했고

문 앞에 놓인 상자를 가지고 들어오며
나는 열린 사람이 되었다

프릭과 프레드릭

프릭은 랩을 하고 프레드릭은 시를 쓴다

눈 위에 비가 온다,고 쓰면
윙가르디움 레비오우사*
(눈이 물이 된다는 뜻)

프릭은 물 위를 텀벙텀벙 걷는 말투고
프레드릭은 쏟아진 물을 주워 담는 말투다

프릭은 사실을 거짓으로 말하고
프레드릭은 거짓을 사실대로 말한다
(사실이 사실인지는 사실 중요하지 않다)

프릭은 한 개의 단어를 가졌지만 하나는 너무 부족하다 생각하고
프레드릭은 하나도 아주 많다고 생각한다

책상 위에 놓인 시를 읽는다
눈 위에 비가 내린다는 그 시는

이제 다 말라서, 축축하다는 느낌을 주려면
물을 뿌려줘야 한다

프릭이 분무기를 가지러 간 사이

프레드릭은 제설기로 만든 눈과
셰익스피어가 만든 눈이 얼마나 다른가를 고민한다

둘 다 흰빛인데 하나는 녹고
하나는 영영 녹지 않아서
가끔은 우리가 둘인 게 이해되지 않는다

친구는 이해를 넘어서는 관계이므로
1 더하기 1이 왜 2인지 중요하지 않고
함께인지만 중요하다

이건 내 시인데 왜 네가 쓰고 있는 거야?
생각에 파묻힌 프레드릭이 흰 눈을 걷어내며 말한다

누가 쓰는지는 사실 중요하지 않아
(중요하지 않다는 것만 여전히 중요하지)

프릭이 이어 쓴 시를
윙가르디움 레비오우사
(눈물이 된다는 뜻) 흘러서 닦는다

흘러넘친 것을 닦으면 마치 우리가 되듯이

* 릴보이 · 원슈타인 · Chillin Homie · 스카이민혁, 「Freak」 중에서.

비싸지?

냉동된 떡을 전자레인지로 데운다
떡이 따뜻해서 좋구나
전자레인지는 참 좋은 물건이다

근데 얘야, 좋은 것은 비싸지?

세탁기에서 나온 수건을 턴다
엄마는 손목이 예전 같지 않아서
할 수 없는 일이 늘어난다

근데 얘야, 통돌이는 싸도 전기는 비싸지?

검은 봉지로 채워진 냉동실을 연다
엄마, 만두는? 거기 검은 봉지
치킨은? 그 옆 검은 봉지
먹다 만 투게더는? 그 위 검은 봉지

꽁꽁 묶인 것을 풀어보려다
도로 넣은 것이

엄마와 나 사이엔 가득하고

너무 많은 것을 간직하려다
거의 모든 것을 잃어버린 사람처럼

엄마는 물티슈 한 장으로
식탁을 닦고
방바닥을 닦고 휴지통을 닦는다

다 컸단 사실을 잊고 가끔은 나도 닦는다

함께 있으면 시간이 잘 가지 않아서
각자의 방에 머문다

방문을 열어보면 엄마는 각종 영양제를
입안에 털어 넣고 있다
우리 사이에는 건강하지 못한 것이 많아서

엄마, 근데 그거 비싸지?

신문지

깨진 유리컵을 신문지로 감쌌다
유리는 종이를 만나면
안전해졌다

어제 쓴 문장을 농담의 재료로 사용했다
실패한 문장이 많아질수록
농담이 늘었다

나무와 철과 플라스틱 등받이가 적절히 배합된
의자를 쪼개고 나누면 재료가 되었다
합치고 조립하면
의자가 되었다

인간은 너무 많은 인간과 함께 있었다

나는
인간을 신문지에 말아버렸다
인간을 농담의 재료로 이용했다

인간은 아무리 해도 인간이군요

하지만 그런 농담은 좀처럼 웃기지 않았다

사람이 취미

사람을 취미로 해서
좋은 점은
상처를 받지 않는다는 것이다

깨진 접시는 상처를 주지 않아
케첩은 상처를 주지 않아
흰옷에 묻으면
눈에 띄게 빨갛긴 하지만

식후의 낮잠은 습관이 되고
마라톤은 기록이 되지만
사람이 취미가 되면
뜨거운 아메리카노를
후후 불어 마시듯 사람이 되고
한여름 내리는 소나기만큼 사람이 된다

지구에서 태어난 사람은 한밤중이라
깨기는 쉽고 다시 잠들기는 어려우니까
맨손체조가 필요하다

사람이 직업인 사람은
리듬상의 이유로 온몸에 도돌이표가 많다

한밤중에 전화를 끊는 사람은
가끔 알약처럼
잘 삼켜지지 않으므로
머리말에 물 한 컵이 필요하다

물은 서로를 밀어내고 있어서
사람이 아주 잘 녹는다

나의 행방

나는 이 집에 없다
네가 꾸는 꿈속에서 빠져나왔다
이 거리에는 나를 알고 있는 사람이 있을지도 모른다
남자를 껴입은 사람에게 내가 누구죠?라고 묻자
그는 알 수 없는 표정을 짓는다
다만 내가 나를 찾고 있다는 사실을 알고 있다고 한다
그것이 이상하게 여겨지진 않는다
이 길은 나도 모르게 생겨나서
생긴지도 모르고 있다가 생겼네? 하며 걸어갔을 뿐이다
한 움큼씩 아이스크림을 핥아 먹던 아이가 몇 시냐고 묻는다
나는 이제 행복해질 시간이라고 말한다
그것이 어렵게 느껴지진 않는다
이 길 끝엔 너의 집이 있고 벨을 누르면
너는 그게 눈꺼풀이라는 것도 모른 채 찢고 들어온다
꿈속에선 오늘 다녀온 곳의 냄새가 나고
너는 천천히 나를 뒤집어 벗는다
처음 보는 얼룩이
너의 집에 있다

너처럼 있다
묻어 있다

모두 다른 지은

임지은을 부르자 세 명이 일어난다

이름이 같다는 건 베이지색 트렌치코트 입은 사람을
정류장마다 바주치는 일

한 반에 이름이 같으면 이름 뒤에
알파벳을 붙이거나
지은 a, 지은 b, 지은 씨

성과 첫번째 글자까지만 불리거나
임지, 김지, 박쥐

특징을 찾아낸다
큰 지은, 안경 지은, 까만 지은

그렇게 지은은 지은을 양산해내고 지은을
선택할 수 있게 된다

착한 지은

거짓말을 좀 섞을 줄 아는 지은
진담과 농담의 차이가 그게 그건 줄 아는 지은

없는 지은을 창조해내기 시작한다

상처가 비집고 들어올 틈이 없는 지은
잘 아물어요,가 많은 지은

호랑이는 죽어서 가죽을 남긴다지만
남기고 싶은 게 없어서
이름에게서 나를 뺏어 오기로 한다

나를 잃어버린 임지은은
어째선지 아직도 임지은이지만
지은이를 부르자 누구도 뒤돌아보지 않는다

구태여, 씨의 이사

태어난 집에서 살고 있는 구태여, 씨는
이사가 필요하다고 생각했다

옷장에서 뺀 옷을 다시
옷장에 넣는 일이 불가능할 때
잠든 동안 옷들이 이사를 온 것은 아닐까 생각했다

넘치는 옷을 정리하려고 『불완전한 정리』와
『미루다 아사코의 버리며 사는 법』을 읽었다

책장에 들어가지 않는 책이 두 권 더 늘어났다

집은 그대로지만 주변이 변하듯
구태여, 씨 또한 그랬다

인맥은 재건축되고 취미가 사라졌다
부도난 건물처럼 오르던 연봉이 멈추었다

칠이 벗겨진 욕조에 몸을 담그며
이 집에는 너무 많은 과거가 살고 있다고

생각했다

넷플릭스를 시청하는 주말 오후
일부러, 씨와 기어이, 씨가 놀러 왔다

1) 문을 통과하는 방법에는
나가는 것과 들어오는 것이 있습니다

2) 혼자를 끝내는 방법에는
여럿을 시작하는 방법이 있습니다

세 사람은 가족을 시작했다
건조대에 널린 각자의 취향이 반영된 팬티를 보며
서로의 반려동물을 쓰다듬으며

구태여, 씨는 조금 앞선 시대가
서둘러 이사를 온 것이라고 믿었다

분리수거 낭독회*

종이는 「걱정을 테이크아웃하다」라는 시를 낭독했다

무언가를 염려하는 일은
차를 마시는 것과 비슷한 면이 있어서
조금씩 나눠 마시면 덜 걱정할 수 있다고
말하는 시는 아니지만

시는 읽는 사람 마음이기에 마음대로 읽어갔다

플라스틱이 무슨 차죠? 물었지만
종이는 대답하지 않았다
대신 플라스틱을 조금 더 걱정하기로 했다

깨지기 위해
투명함을 단련하는 유리는
「천사와 거울」이라는 시를 가져왔다

천사는 거울이었다,로 시작하는 시를
플라스틱은 겨울로 잘못 읽었다

천사는 희고 차가워서 슬프다고 생각했다

곧 거울로 알아챘지만 한 번도
거울 속에서 천사를 본 적이 없었기에
조금 더 슬퍼지는 것 같았다

따지 않으면 무엇이 들었는지 보여주지 않는
캔은 「통조림」이라는 시를 낭독했다

플라스틱은 전학 온 날 칠판 앞에서
자기소개를 하던 날이 떠올랐다
머리 위에 손 뚜껑을 올려놓자
부끄러움이 들썩거렸다

우리는 뭐가 될지 모르지만 나아가야 한다고
플라스틱이 미세하게 말했다

오늘은,

캔이 누군가의 손가락을 베지 않은

종이가 함부로 구겨지지 않은

유리가 자신의 속을 훤히 비친 날이었다

* 팀 '분리수거'는 시와 분리수거를 접목해 네 명의 시인이 종이(김은지), 유리(강혜빈), 캔(한연희), 플라스틱(임지은)의 물성을 이야기해왔다. 2018년부터 지구에서 만난 사물들에 관한 시를 써보는 〈분리수거 낭독회〉를 진행하고 있다.

잘잘못

관계는 문제가 없는데 사람이 문제인 걸까요 관계없는 사람과 관계를 맺으려다가 아, 저 사람은 관계가 필요 없다는 걸 알았습니다 문제를 해결하면서 만나게 되는 사람이 있고 영영 못 보게 되는 사람이 있고

전 왜 태어났어요? 물었을 때 스님은 그냥 태어난 거니까 고민하지 말라 하셨습니다 고민해봤자 알 수 없는 건 허무에 가까워지니까요 그렇다고 허무를 모르는 사람과는 관계를 맺으면 안 될 것 같고

단체 속에서 관계를 배우다 보니 개인과의 관계는 어려워지더군요 학교를 졸업해도 관계엔 졸업이 없고 오해를 풀려면 만나야 하는데 우연은 만나지지 않고 얼마든지 안 볼 수 있으니 잘못은 수영장처럼 깊고

그러다 마주치게 되면 없던 일처럼 대해야 할까요? 있었던 일은 없어지지 않고 관계에 달라붙어 괴롭힐 텐데, 억지로 떼어내면 살점이 시뻘겋게 드러날 텐데, 따가워하며 웃어봐도 누구의 잘못인지 알 수 없어 간격을 두고 걸었습니다 꼭 이 정도의 다정함이 남은 것처럼

3부

가죽 바지를 입은 시

이 시는 가죽 바지를 입었다

5백 살 된 물소의 질감을 그대로 재현한 바지는
만지면 부드럽지만 두 다리를 넣기에는
역부족이었다

과거를 넣었다

이제 시간은 미래를 향해 달릴 것이다

*

이 시에는 세 개의 실수가 숨어 있다

나는 그 사실을 완벽히 잊기 위해
외출했다

플라스틱으로 된 간판을 읽다가 감동했다

마트에 들러 사야 할 것을 빠뜨리고
이상한 과거의 목록을 사 왔다

그러니까 이 시의 가장 큰 실수는
실수를 넣는 것을 깜빡하고
말았다는 실수다

*

바지는 안과 밖이 있었다
사람에게도 있었다

안사람과 바깥사람

안사람은 안쪽을 지키는 사람이라는 걸까

사람은 양말처럼 뒤집어 벗을 수도 없는데
안사람은 바깥사람이 될 수 없는 걸까

수많은 의문이 들었지만
바지건 사람이건
가죽으로 만들어졌다는 점은 같았다

점점

남편의 얼굴에 점이 생겼다
그 후 많은 점이 몸에 나타났다
무슨 병에라도 걸린 걸까요?
남편은 개의치 않았다

못에 못을 박을 수 있다고 생각해?
벽에 시간을 걸던 남편이 물었다
옷에 옷을 입을 수는 있다고 생각해요
남편과 살아가려면 대답에도 레이어드가 필요했다

그의 생각이 어디까지 갔는지 알 수 없지만
점들이 유난히 집중해 난 곳은
타이어가 급정거한 자국처럼 보였다

남편은 대화 중에도 자주 딴생각으로
방향을 틀었고
몸이 절반쯤 까매졌다

이대로라면 일주일 후엔

문장의 입장에선 마침표가 될 것이고
지구의 입장에서라면 여전히 인간일 테지만
아내의 입장에 서본 적은 없었기에

외출은? 다음 기회에
여름휴가는? 다음 기회에
즉석 복권 같은 그의 말투를 긁으며 거실로 나왔다

온통 까매진 남편이
소파에 눌어붙어 있었다
떼어낼 방법을 찾지 못해 녹여보기로 했다

물에 물을 부을 수 있듯이
불에 불을 붙일 수 있다고 생각해요
엉덩이가 뜨거워진 남편이
소파 속으로 스며들었다

그는 구름 낀 날 그림자처럼 행동했다
날씨 같은 건 궁금해하지 않았다

폐가구를 수거하는 인부들이
검은 얼룩이 생긴 소파를 밖으로 옮기며 물었다
안에 뭐가 있나요?

나는 남편이 있다고 했다*

* 임지은, 「깨부수기」, 『무구함과 소보로』, 문학과지성사, 2019.

수치심 길들이기*

처음 보는 남자에게 말을 걸기로 한다 그게 우리의 부끄러움을 닦아줄 수 있을 거라고 믿는다 누가 먼저 갈래? 생각이 움직인다 입술이 가는 게 낫지 않겠어? 잠시 한눈을 팔고 있는 눈꺼풀은? 이렇게 미루다 처음 보는 남자는 좀 지켜본 남자가 되고 곧 놓쳐버린 남자가 된다고 두뇌가 논리적으로 앞장선다 심장이 두려움을 움켜쥔다 손바닥에 땀이 고인다 실례합니다 그쪽이 무척 마음에 듭니다 악수나 한번 할까요? 남자의 손은 살아서 물고기처럼 나를 빠져나간다 손과 입술이 서둘러 꼬리를 잃는 동안 코가 그의 목덜미 가까이 다가간다 처음 본 남자에게선 처음 맡는 냄새가 난다 두 귀가 빨갛게 비밀을 나누는 동안 뒷모습이 상황을 정리한다 쉿! 조용히 해 그가 나에게 걸어오고 있다 그도 부끄러움을 닦고 싶은 것이 분명하다

* 셰익스피어의 5대 희극 중 하나인 『말괄량이 길들이기』를 차용하지 않았으나, 여성은 고유한 인격체이므로 길들여질 필요가 없음을 밝힌다.

인생의 밝은 면

정육면체는 여섯 개의 면을 가지고 있습니다
그건 좋지도 싫지도 않은 일입니다
면이 늘어난다면
육면체를 벗어나게 됩니다

동그래져서 굴러가는 오렌지가 아닌 것들

인생도 여섯 개의 면을 가지고 있습니다
그건 좋기도 싫기도 한 일입니다

긍정: 더울 때 에어컨을 켤 수 있다
부정: 에어컨이 없을 수 있다
다정: 부채를 빌려줄 수 있다
요정: 겨울을 가져올 수 있다
행정: 좀 복잡할 수 있다
결정: 선풍기를 틀 수 있다

주사위를 던져도 나오지 않는 스무 살처럼
아무리 찾아도 나에게 없는 면이 있고

그게 혹시 밝은 면은 아니었는지

불을 켜도 깜깜한 방에
위아래가 있고
옆이 있는 나에게
창문을 내고 싶습니다

늘어난 스웨터처럼 맞물리지 않는 모서리를 가진
창틀 사이로 오가는 대화란

만약에 말야…… (가정) 들을 준비가 안 되었는데 (걱정) 잠깐 귀를 준비할게 (표정) 우린 아직 알아가는 중이지만 (과정) 너를 사랑해 (열정)

함정으로 가득하지만
내가 인생에서 가장 중요하게 생각하는 면은
밝은 면도, 어두운 면도 아닌
바로 웃긴 면입니다

그런 사람 아니에요

식당에서 그릇을 치우고 있으면
종업원으로 보입니다
여기, 물 좀 주세요
이제 막 자리를 잡은 사람이 말합니다

물은 셀프지만 가져다줬습니다

지하철역에서 들어오는 열차를 타지 않으면
넋 나간 사람으로 보입니다
열차가 떠나고 나면
다시 열차를 기다리는 사람일 뿐이지만

그 사람은 나를 물로 봤습니다

지키지도 못할 약속을 하고
자신의 컵에 따르려 했습니다
몽땅 비우려고도 했습니다

그래도 좋아했습니다

부재중 통화를 남기고
기다리겠다는 문자를 보냈습니다

이 세 가지가 더해지자 그 사람은
나를 스토커처럼 대했습니다

저 그런 사람 아니에요

슬프지 않기 위해서는
얼마간 미리 슬퍼하고 있는 것이 도움이 되는
그 정도의 이상함으로 내 마음은 작동했을 뿐인데요

물 한 잔만 주시겠어요?

카페에 들어가 빨개진 눈동자로 말합니다
종업원이 물 한 잔을 가져다줍니다
컵이 다 비워질 때까지 기다린
그는 문을 열고 사라집니다

벽을 보니 물은 셀프였습니다

사운드

17층에서 누가 떨어진다
신음은 생각보다 커서
바람을 타고 안으로 들어온다

조금 열린 창문을 더 열 수도 닫을 수도 없다

(다급한 발걸음 소리)
영수야, 아빠 왔어 이젠 괜찮다

우는 소리가 들렸는지는 모르겠다
구급차 소리가 들린다

고등학생이라고 한다
싸우다 홧김에 그런 것 같다고 한다
살 수 없을 거라고 한다

17층에서 떨어지면,을 검색한다
18층에서 떨어지면
19층에서 떨어지면

20층에선 눈물도 떨어지지 않았으면

괜찮다는 말이 필요했던 거라면
해줄 수 있다

그럼 영수는 은행나무로 만든 의자에 앉아
늦여름에 벌써 낙엽이 떨어지고 있어,
라는 시를 쓰고 있을까

글자들이 종이 위로 떨어져
어떤 의미를 만들어내다
무의미가 될까 봐
무서워
바닥으로 떨어져버린다

이 모든 걸 전해 들은 친구는
운전 중이었는데
잠시 갓길에 멈춰 섰다고 한다

영수가 얼마나 아팠는지
짐작도 할 수 없는데
신음 소리가 여기까지 들리는 것 같다고

자신은 전생에 수많은 사람을
기르던 나무였는데
자동차 위로 심장 하나가
쿵

떨어질 것만 같아
한동안 출발하지 못했다고 한다

치료의 이론과 실제

선생님은 판단한다
내가 받고 싶은 것은
위로였지만

곧잘 시키는 대로 했다

잠이 오지 않을 땐 양을 데려올 것
색칠하지 말 것
깜빡일 것

검은 양으로 가득한 상담실에서
선생님은 단어 상자를 내민다

생일	선물
사이다	휴지

생일 파티를 열었는데 친구들을 초대하지 못했습니다
사이다를 마시려고 했는데 선물이 도착했습니다
코 풀다 만 휴지를 선물로 받다니

나는 왜 사나요?

선생님은 일기의 결말을
바꿔보라고 한다
나는 시키는 대로 하곤 하니까

생일 파티에 선물이 도착했습니다
코 풀다 만 휴지를
선물로 받다니 눈물이 났지만
흘린 사이다를 닦을 때는 유용했습니다

선생님은 알전구 같은 표정을 짓는다
상담실이 스스로 밝아지진 않는다

가까스로 이어 붙인 얼굴이
툭
끊어져버린다

얼굴이 없으면 사람들이 지나치게 쳐다봐서

돌아다닐 수가 없다

더는 병원에 가지 않아도 된다

채소들

고구마는 뿌리식물이고
감자는 줄기식물이다
거짓말은 산책하는 식물이고

프라이팬에 엉겨 붙은 계절을 볶으며
까맣게 타버린 여름을 생각한다
어쩌면 호박은 후회하는 식물일지도 모르고

너 때문에 되는 일이 없다는 말을
아삭아삭 씹어 먹는다
나는 익힌 당근을 좋아하는데
걱정도 조리해 먹으면 부드러워지기 때문이다

삶은 옥수수에 마요네즈를 넣고 버무리면 샐러드의 세계
웅크리고 있는 양파에 간장을 쪼르르
부으면 장아찌의 세계

껍질이 연한 기분을 골라 찬물에 씻는다

저녁이 토마토처럼 빨갛게 익는 동안
뿌리가 발바닥을 뚫고 자란다

창밖엔 줄기가 부러진 사람들이 걸어 다니고 있다
다 익은 영혼을 헤쳐보면 작은
벌레가 자라고 있다

1+1

산 적도 없는데 따라온 양말을 신어봅니다
그때부터였을까요
걱정을 떠안고 살게 된 것이

불안은 대화를 통해 옮겨지는 탓에
사람을 만나지 않으면 어느 정도 피할 수 있습니다

남들 하는 만큼은 해야지
뭐라도 해야지
불안해야지

구석에서 몰래 녹고 있는
걱정을 알아차린다면
불안이 잠깐 얼음 하고 죽을지도 모를 일입니다

얼었다 녹아 빳빳해진 양말을
라디에이터에 올려놓자 바싹 쪼그라듭니다
쥐포처럼 메마른 걱정을 생선이라 여겨봅니다

본디 둘은 습기를 동반하기에
바다라는 어원을 나눠 가지므로
천천히 물을 마시면 가라앉을 수도 있습니다

산책을 위해 가벼운 외투를 챙깁니다

불안을 잊어보려는 심산입니다
걷다가 어깨에 걱정이 묻으면
툭툭 떨어내는 것도 괜찮겠습니다

오전반이 되었다

멀다,는 거리의 문제가 아니었다

때론 집 앞처럼 가까운 곳이 가장 멀었다
한 번쯤은 멀리 가보고 싶은
심정이었다
오전반이 되었다

제법 먼 곳까지 숨을 참고 갈 수 있었다

잠수해 올려다본 천장은
엉엉 우느라 엎드린 이마를 닮았다
왜곡은 눈에서만 일어나는 것이 아니었다

손을 뻗으면 잡을 수 있을 것만 같았지만
꼬리를 달고 도망치는 관계들

고작 그 앞에서 숨을 참는 게 전부인 날들

물속에서 우리는 한 팀이라도 된 것 같았다
눈물을 닦아내는 손동작과
허우적거리며 발차기를 단련한다는 건

슬픔이 물에 더 잘 뜨도록 진화했다는 사실

우리는 더 깊은 곳으로 다이빙했다
있는 힘껏 도망쳤다

어느 날 잠영을 하다 만난 슬픔은
나를 한번 쓱 쳐다본 후
고양이처럼 꼬리를 흔들며 유유히 사라졌다

슬픔은 저녁밥이 되었다

이제 오전반에는 하다 만 우울이 있다

I ♥ 비밀

비밀을 간직한 사람에겐 어느 정도 비밀이 있습니다
바로 비밀이 있다는 비밀입니다

비밀을 심은 강낭콩은
검은콩의 기분을 훔친 적이 있습니다
불행의 지루한 껍질을 벗어 던진 적이 있습니다

비밀은 얼마든지 만들 수 있지만 세상에 비밀은 없다고들 합니다

혼자 알고 죽은 사람의
비밀은 밝혀지지 않았으니까 가능합니다

가능에게도 숨기고 싶은 게 있다면 때로는 불가능하다는 것 아닐까요?

비밀이 적힌 티셔츠를 입고 만난 우리는
누군가의 마음에 들기 위해 다른 사람이 된 적이 있습니다

호주머니가 몰래 조금씩 커진다는 건
바지만이 아는 비밀이지만요

대화창

왜 아무 말도 없어요?
할 말이 있었더래도
어떤 글자 하나 누르지 못한다

우리 같은 방에 있잖아요
위로라고 보낸 이모티콘이 울고 있다
나 이제 그 방에 없어요

1.5톤짜리 침묵으로 이뤄진 방
암막 커튼으로 기분조차 가린 방

혼자라는 기분이 든다면 코끼리만 한
외로움도 들어올 수 있는 방

웃을수록 둥글어지고
울수록 뾰족해지는
둥글 뾰족한 방

옆 사람 손을 내 것인 줄 알고 잡았을 때

따뜻해서 참 좋았는데……

손+손=악수

손+뺨=따귀

손-손=아웃

손+손+손+손+손=강강술래

손×손÷손=가족

손의 공식을 대화창에 적는 동안

외로움은 조용해서

함께 있어도 티가 안 났다

괴로움과 달리 손잡이가 있어 좋았다

어디든 데리고 다니기에 적당했다

주머니에 넣고 다녔다가

잡고 보니 옆 사람의 손인 적도 있었지만

미안합니다
더는 여기 못 있겠어요
나는 그 방을 나왔다

모두에게 외로움이 내민 손을 꼭 쥐여주고서

동시대

다른 것을 봐도 같은 것을 떠올린다 1분 전이 2분 전을 참고했기 때문이다 이 생각은 독보적이라고 생각했는데 이미 너도 하고 있다 새로움은 공감을 목표로 하기 때문이다

보자기에 싸인 공기가 보자기를 형성한다 지하 주차장이 자동차를 흡수한다 입이 없으니 어떻게 말해야 하냐고 속엣말을 했는데 다 들린다 귀가 아직 남아 있기 때문이다

나는 이제 안 듣는 사람이 된다 듣자 듣자 하니 거 너무하네 화도 낼 줄 아는 사람이 된다 생각을 감추기 위해 머리를 쓴다 모자가 투명해진다 침묵에도 표현이 존재하기 때문이다

4부

번역기

울다,는 프랑스어로 뭐야?

pleurer(플뤼에)

프랑스어는
귓바퀴를 맴돌다
귓속으로 들어오지 않고
공기 중으로 흩어지는 물질

사람은 울었대
고양이는 미야옹미야옹 허공을 긁었대
바람은 창문을 흔드는 것으로 우는 것을 대신했고
성격이 급한 울음은 서두르다 그만 의자를 넘어뜨렸대

각자의 방식으로 울고 있어서 알아채기 어려웠던 거구나

그럼 프랑스인은 위로의 천재고
눈물을 닦아줄 손바닥쯤은 들고 다니겠네?

손바닥을 집에 놓고 다니기란 쉽지 않으니까
어쩜 그럴 수도

누가 흘리고 간 슬픔이 없나 바닥을 살피는 동안
나는 우리가 나눈 대화가 흩어지지 않길 바랐다

Elle ne pleure pas*

조금 가벼워진 물질이
살갗을 뚫고 몸 밖으로 빠져나갔다

* "그녀는 울지 않아".

프랑스 댄서

그는 춤을 분쇄한다
어제와 오늘 사이에 낀
영혼을 빼내려고 했는지도 모른다
잘 구분되지 않는 영혼이라
맷돌처럼
영원히 돌아가고 있는

그는 몸으로 말하고 있습니다
한 평론가가 말한다
그건 잘 춘다,와는 다릅니다

평론가는 몸이 아닌 언어로 평했기에
말을 잘한다는 칭찬을 받기에 부족함이 없었다

딸이 네 명인 엄마는
더는 아이를 낳을 계획이 없었지만
당근을 믹서기에 돌리며
아들을 기르는 생활을 상상했다

하지만 생각만으로도 주방은 금세 더러워졌고

10년 넘게 영어를 공부했지만
딱히 쓸 기회가 없던
언니는
그에게 맷돌의 유래와 미래를 설명하기 위해
프랑스어를 배우고 싶어졌다

언니가 프랑스어를 배우는 것과
그가 직접 맷돌을 사는 것 중
어느 것이 더 빠를까 내기를 한
동생들은
크고 단단한 돌에 구멍을 내기 시작했다

자신의 내부에 구멍을 내듯
신중하고
깊게

덜 파인 구멍에 손가락을 넣었다가

상처를 입은 막내는
반창고를 붙이는 심정으로 편지를 썼다

아빠, 말은 줄이시고 춤을 추세요
저는 잘, 하고 싶지 않습니다

관객들이 모두 빠져나간 후에도
아직 돌고 있는 그의
영혼이
콩알만 해졌다고 믿는 아이는
마당에 씨앗을 심었다

나무는 잎으로 말하고 있습니다
그건 잘 자란다,와는 다릅니다

아이는 칭찬받기에 부족함이 없었지만
그것 역시 잘 자란다,와는 별개의 문제였다

피아노와 냄새

냄새가 건반을 간지럽힌다
오른손과 왼손의 무게가 다르다
가능한 한 많은 달걀을 쥐고 피아노를 친다

레는 어긋나 올라가지 않는 지퍼의 냄새
솔은 감전된 고양이의 냄새
라는 순식간에 지나버린 휴일의 냄새

영혼의 종류를 알아채려고
운동화에 코를 박는 개처럼
건반 위에 손가락을 올려놓는다

어제는 거리에 음표들이 빽빽해서
사람들이 걸어 다닐 수 없게 되길 바랐지만
증오는 음악의 용도가 아니다

흰 건반,
　　　　흰 종이,
　　　　　　　　흰 구름,

흰 다리

피아노는 이제 거실을 건너뛰고 공원을 연주한다

도는 말라버린 호수의 냄새
파는 달리면서 축축해지는 티셔츠의 냄새
시는 주인을 기다리지 않고 흩어지는 개의 냄새

한낮의 선 캡을 쓴 사람들이
어떤 얼굴을 하고 있는지 알 수 없지만
계속되는 공원

같다

멈ㅊ…ㅜ어…

한참을 잘못 씌어진 글자 같다

곧 누가 나를 지울 것 같다

다 지워지고 눈과 귀만 남을 것 같다

이번엔 다르겠지, 지난번을 까먹었다니 외로웠던 것 같다

불 꺼진 방에 혼자 빛나는 크리스마스트리 같다

전기세가 많이 나온다며 엄마가 꺼버릴 것 같다

내가 먼저 꺼야 하는데

스위치를 잃어버린 것 같다

발밑의 물컹물컹한 촉감이 젤리 같다

모든 것을 삼키다 자기 자신까지 삼켜버린 것 같다

지독한 소화불량 같다

가슴을 쾅쾅 두드려야 할 것 같다

한 번도 본 적 없는 얼굴이 입을 벌리며 튀어나올 것 같다

전생에 두고 온 거울처럼 이를 닦아야 할 것 같다

만지면 작아지고

사라지면서 존재하는

나는
다 쓴 비눗갑에 내려앉은 비눗방울 같다
사람이 되진 않고 터져버릴 것 같다
이제 그마…ㄴ 멈ㅊ…ㅜ 어…

건강과 직업

몸무게를 앞에 두고 헬스 트레이너가 묻는다 하시는 일이 뭡니까? 시를 씁니다 직업이 시인이세요? 시인은 직업이 아니라 상태입니다 머릿속에서 단어들이 불법 주차를 한 상태, 뜨거운 문장을 들어 올려야 하는데 냄비 손잡이가 다 타버린 상태, 하자니 괴롭고 안 하자니 더 괴로워서 치과 진료를 미루는 사람처럼 영혼의 치아 하나가 덜렁거리는 상태, 헬스 트레이너는 볼펜 끝을 살짝 깨문다 운동이 꼭 필요한 상태,라고 적는다 아침 식사로는 무얼 드시죠? 나는 시인이 된 이후로 이보다 구체적이고 은유적인 질문을 받아본 적이 없다 그날그날 떠오르는 밥과 반찬을 먹습니다 그는 골고루 먹는 편이라고 적는다 자신도 모르는 새 비유한다 생각의 관절이 부드러워지면 그는 펜을 들지 않아도 시를 쓸 수 있을 것이다 스쾃, 벤치 프레스, 데드 리프트, 스쾃, 숄더 프레스, 데드 리프트 그가 하는 움직임은 시가 된다 플랭크, 플랭크, 플랭크! 포기를 모르는 그의 문장은 지구력이 뛰어나다 빠지지 말고 꼭 나오세요 묘한 설득력을 가지고 있다 호흡으로 가득 찬 방을 빠져나가며 트레이너는 시인이란 상태는 여러모로 건강에 해롭다고 생각했을 것이다 이제 막 한 편의 시를 완성한 그는

돼지는 놀이동산에서 길을 잃었다

윈스턴 처칠*은 까만 개가 자신을 따라다닌다고 믿었다

나도 검둥개를 기다렸다

그 어떤 개도 나타나지 않았다

놀이동산엔 출발하는 출발, 가늠할 수 없는 헬륨, 바퀴 달린 소시지

그 어떤 것도 즐겁지 않은 걸 보니 지독한 우울증이었다

그러나 우울증과 놀이동산의 상관관계는 7월에 내리는 폭설만큼이나 희박하고

비워진 만큼 채워지는 롤러코스터 줄에 서서 기분을 꼬리처럼 말았다 풀었다

인파를 뚫고 달려가는 검은 돼지를 보았다

그 후로 돼지는 내 생각을 물어뜯었다

손바닥 위에 알사탕 같은 똥을 눴다

울고 있는 무릎 사이에 불쑥 끼어들었나

밤이 되자 검은 게 보고 싶어졌다

한밤중 놀이동산엔 소규모 어둠, 너와 앉기엔 협소한 미래, 돌지 않는 회전목마

점점 까매지는 돼지를 부르려 했지만 어느 것도 이름이 아니었다

다가와 내게 말했다

왜 날 따라다니는 거죠?

그랬다

나는 검은 사람이었다

기쁨의 고무줄을 자르는, 슬픔의 콩팥이 비대한, 씻을 수 없는

돼지는 나를 알아본 것이다

* 영국의 총리였던 윈스턴 처칠은 지독한 우울증을 앓은 탓에 "내 평생을 따라다닌 블랙 도그가 있다"라고 말했다.

하필의 법칙

평론가는 A를 만나러 갔다
A는 『무구함과 소보로』라는 시집을 읽고 있었다

A가 시집을 다 읽고 나면
삼낭할 수 없을 만큼의
폭언을 해 A의 숨통을 끊으려 했다
하지만 이 시집의 마지막 시는 무한 증식하는 시였다

기다림에 지친 평론가는 이제 A가 아니라
저 시집을 찢어버려야 한다고 생각했다

*

학생은 B를 찾아갔다
여름 학기가 끝나는 날
자신의 마음을 고백하려 했다

그 사실을 알 리 없는 교수는 학생에게
언어가 유전되는 이유를 설명해보라고 했다

B가 강의실을 빠져나가는 순간에도
칠판 앞에 서 있던 학생은
마침내 You're my father!*라고 적었다

그러나 반전은 영화에서나 가능한 것이었으므로

*

C는 이별하려는 자와 함께 있었다
지루한 연애는 재앙이었다

이별하려는 자는 밥을 먹고 영화를 보고
차를 마신 후에 말할 참이었는데

조금 모난 자일 뿐
모진 자가 아니었기에
재앙이 하루 더 연장되었다

*

교통사고를 당해 머리를 심하게 다친 D는
생사를 오가는 바람에 신을 만날 수 있었다

그는 신에게 살려달라고 했다

*"태어난 날과 죽는 날이 같다면
너무 슬플 것 같습니다"*

하지만 신은 매일매일 태어나고 매일매일 죽었다
그런 기분을 알 리 없었다
고개를 들어
케이크에 꽂힌 그를 촛불처럼 불어 껐다

*「스타워즈 에피소드 5: 제국의 역습」.

세상에서 가장 짧은 대화들의 대회

도서관에서였다

그녀가 저기,를 떨어뜨렸을 때
볼펜을 줍던 그가 여기,를 건네주었다
도서관은 침묵이 규정이어서
긴 대화는 허용되지 않았다
10분 뒤 밖에서 만나자는 약속을 했다

식당에서였다

음식을 먹기 위해선 입을 벌려야 했다
웃기 위해서도
감탄사를 내뱉기 위해서도 끊임없이
대화는 참을성 있게 한 발 뒤로 물러나 기다렸다

두 걸음 가까워지기 위해 춤추러 갔다
그들은 주위를 맴돌거나
발을 밟는 방식으로 대화했다

신발 끈같이 엉키고 있을 때였다

잘 알지 못하는데 이래도 될까?
침대에 누운 그녀가 건넨 말이었다
이러면 잘 알게 되는 걸까?
남자가 지퍼를 내리며 생각한 말이었다

안다는 것은 무엇일까?
긴말이 필요 없다는 것 아닐까?
할 말이 없다는 것은 아닐 테고

미래에서였다

그들은 세상에서 가장 짧은 대화들의 대회에 참가했다

국어사전을 뒤적이면서부터
신중하게 단어를 고르느라 말수가 줄어들었다는 사람도
속으로 한 말도 대화의 범주에 들어가게 되면서
실어증에 걸렸다는 사람도 참가자였지만

(나는 너를)
잘 알아,라고 말한 사람은 없었다

아직 멀었어?
침대 위에서 한창 진행 중인 그에게 그녀가 물었다
멀다는 건 가까운 미래일 수도 있으므로
중의적으로 들렸다

내 앞에 초콜릿 껍질

도스토옙스키를 읽다 보면 초콜릿에 손이 가게 되지
등장인물이 추가될 때마다 복잡한 심경으로 외치게 되네

한 개 더! 어째서 소설보다 각주가 더 길담
그럼 한 개 더! 책이 아니라 초콜릿을 읽는 셈이네

구겨진 은박지 사이로 지나가는 문장
그들은
전혀 행복
해지지 않았습니다

영양 정보 아래 숨겨진 진실
그레고르 잠자는 445킬로칼로리의 미움을 껍질째 씹어 먹었다

악령은 사실 안녕의 잘못된 발음이고
지옥에서나 읽을 법하지
초콜릿이 묻은 손으로 무려 인생을 56페이지나 넘겼으니까

백 년 동안 고독한 사람의 머릿속을 걷다 보면
검고 끈적한 초콜릿을 밟을 수도 있네

자, 여기 한가운데 떨어진 얼룩이
한 점의 빛인지
구겨진 종이 뭉치인지
전기장판에 눌어붙은 상념인지

눈먼 자들의 도시에서 잠이 들면
눈을 뜬 후에도 세상은 눈을 감고 있었고

수박과 얼룩말

겉핥을 때는 생기지 않았던 수박을 자르자
넘쳐흐른다
매미와 귀뚜라미
they와 them처럼 올바르게 짝지어진 것들
빨갛게 잘 익은 수박을 찾으려고 관계를 잘라보고 있다

1번 수박은 자르고 보니 하얀 관계였다
13번 수박은 빨간 관계였는데 먹어보니 하얀 맛이 났다
25번 수박은 관계보다 씨가 많아 맺기 불편했다

잘라보니 텅 비어 있는 수박도 있었는데
이걸 누구에게 가져가야 할지 몰라
과일 가게에 갔다
은행에 갔다
마을버스를 탔다

들고 다니기에 버거운 관계라서 자꾸 바닥에 내려놨더니
흠집이 났다
수박은 혼자에겐 넘치는 과일이었다

they와 her, 사랑해와 도루묵처럼 잘못 짝지어진 것들

잘못된 생각은 머리를 수박으로 바꿔놓았다
너는 자주 내 앞에서 말을 바꿨다
얼룩덜룩해졌다

나는 초록 무늬에 검은 줄이 있는 머리를 잘랐다
말이 끝나기 무섭게
하얗게 질린 얼굴이 흘러나왔다

배구와 탁구

배구를 하러 갔을 뿐인데 너를 사랑하게 됐다

어떤 고백은 배구공 같아서
너에게 날아간다

하얀 바탕에 줄이 좀 간 채로
펭귄의 투명 날개가 잔뜩 묻은 채로

고백을 하면 네트의 절반이 날아가 버린다

누군가를 좋아하는 일은 잘못 날아든 공에
손목을 삐끗한 것 같아서
더는 손쓸 수 없고

이건 명백히 지는 게임이지만
애써 이기려고 하지 않는다

너는 잡기 좋은 손을 가졌고
응과 아니요에는 이응이 두 개씩 필요하고

하나씩 나누어 가질 수도 있을 것 같은데

우리는 탁구를 치러 갔다

개미 연습

죽게 해주세요

머릿속엔 개미들이 늘어만 가고
어떻게 죽일 수 있는지 알지 못하고

발끝이 목구멍까지 차오르면 질식사할 수 있을까요?

개미인 줄 알고 문지른 눈물이
사라지지 않습니다

슬리퍼 밑에 깔린 개미의 납작함과
먹잇감이 된 생각의 도톰함

재미는 칙칙폭폭 발라 먹고
개미만 가득한 빵

개미가 아닌 걸 떠올리려다
개미에게 사로잡힌 도로에서

지루함을 꾹꾹 눌러 죽이는 신의 손가락을 기다립니다

누군가 정수리를 누르면 올려다보며 묻습니다

왜 이제 왔어요?
죽고 싶어 혼났잖아요

유머 있는 라이터

춤추는 사람은 낙관주의자입니다
문워크를 할 때조차 앞으로 나아가고 있으니까요

좋은 소설가는 날달걀입니다
중요한 순간 딱, 깨져야 하니까요

선생님은 노래방입니다
끝까지 듣지 않습니다

아이는 깜빡거리는 신호등입니다
다 건너지도 않았는데 어른이 되었습니다

젖은 수건으로 얼굴을 닦습니다
분명 다 마른 거라고 했는데요?

엄마는 따뜻한 아이스아메리카노입니다
가끔은 말도 안 되거든요

이것은 책이 아니다

자신은 책이 아니라고 생각하는 책이 있었다
인쇄된 지 얼마 되지 않은 이 책은

서점으로 끌려갈 참인데
가지 않으려면 자신이 노북NO BOOK이라는 증거를
대야 했다

저는 빈 페이지가 많습니다
읽을거리가 없습니다
펼치면 하품이 나옵니다
검은 것은 글자가 아닙니다, 흰 것은 살입니다

책은 자신을 사람이라고 생각하는 것 같았다
노씨 성에 북이라는 외자 이름을
가진 그는

자신의 이름이 북이기에 책이라고
생각하는 거라면
둥둥둥 울려 퍼지도록 악기 가게에 있는 편이

더 낫겠다고 항변했다

책을 끝까지 따라 읽다 보면 손끝에서
축축한 땀이 만져지는 것 같고

그의 메마른 혓바닥이
하는 이야기들을 듣고 있자니
어디까지 믿어야 할지 의아해지지만

자기 자신에게 밑줄 그으면서도
왜 그는 책이 아니라고 생각했을까?

귀퉁이를 접어 상념을 지우던 그는
접을 것이 없어지자
출처가 불분명한 문장으로 가득해졌다

조금 울어서 울퉁불퉁해진 책을 서점에 진열했다

노북, 자신을 사람이라

여긴 책의 이야기!

그는 사람을 다루지 않은 최초의 위인전이 되었다

빈칸이 많은 나에게
넌 쓸 곳이 많구나, 펜을 쥐여주었다

어느 유머리스트의 슬픔과 자유

김보경
(문학평론가)

해체와 조립술

「모두 다른 지은」에는 세 명의 지은이 등장한다. 이 시에서는 이름이 고유한 개인을 가리키는 고유명사로서 기능하지 못한다. 이러한 상황에서 화자가 제시하는 '세 명의 지은을 구별하는 법'은 다음과 같다. 이름 뒤에 알파벳을 붙이거나(지은 a, 지은 b, 지은 씨), 성과 이름의 첫 글자까지만 부르거나(임지, 김지, 박쥐), 특징을 찾아내 이름과 함께 부르기(큰 지은, 안경 지은, 까만 지은) 등. 이 방식들은 구분되지 않던 지은을 구별할 수 있게 해준다는 의미에서 "지은을 양산해내고" "없는 지은을 창조해내기 시작"하는 기술이다. 여기서 명명이란 곧 "창조"에 가깝다. 어쩌면 시인이라는 존재는 이렇게 명명을 통한 창조의 권능을 행사하는 자라고 이해해도 좋을까?

호랑이는 죽어서 가죽을 남긴다지만
남기고 싶은 게 없어서
이름에게서 나를 빼어 오기로 한다

나를 잃어버린 임지은은
어쨌선지 아직도 임지은이지만
지은이를 부르자 누구도 뒤돌아보지 않는다

—「모두 다른 지은」 부분

이 시의 마지막 대목에 이르면 앞선 질문에 대해 긍정의 대답을 내리기가 어려워진다. 여기서 화자가 하는 일이란 다름 아니라 "이름에게서 나를 빼어 오"는 일이 되었기 때문이다. 수수께끼 같은 이 구절은 다음과 같이 이해해볼 수 있을 것이다. 화자는 이름을 통해 "없는 지은을 창조"하지만, 이름은 발생의 기원을 잊고 화자에게서 독립한다. 여기서 권능을 쥔 자는 화자가 아니라 그 스스로 자율성을 획득하게 된 이름에 있고, 그렇게 '나'와 "이름"의 관계가 전도된다. 이제 화자는 그런 이름에게서 다시 '나'를 빼어 오려 하고, 이름 "임지은"은 '나'를 잃어버린다. 화자는 '나'를 회수하는 데 성공한 것일까? 그런데 이 이름은 여전히 "임지은"이라 불리지만

'나'를 잃어버렸기에 이제 그 지시 기능을 잃어버리고 만다("누구도 뒤돌아보지 않는다"). 이렇게 이 시는 이름이 자신이 지시하는 바를 장악하지 못하는 무능에 도달하게 된다. 그런데 생각해보자. 이 무능은 곧 명명의 권능이 무력해지는 시인 자신의 무능에 대한 고백이 아닌가. 이 난관과 마주해 앞선 질문을 다음과 같이 고쳐볼 수도 있겠다. '시인이 하는 일이란 창조가 아니라 차라리 언어에 대한 무능을 기록하는 일이 아닐까?'라고.

멈ㅊ…ㅜ어…
한참을 잘못 씌어진 글자 같다
곧 누가 나를 지울 것 같다
[……]
불 꺼진 방에 혼자 빛나는 크리스마스트리 같다
전기세가 많이 나온다며 엄마가 꺼버릴 것 같다
내가 먼저 꺼야 하는데
스위치를 잃어버린 것 같다
발밑의 물컹물컹한 촉감이 젤리 같다
모든 것을 삼키다 자기 자신까지 삼켜버린 것 같다
[……]
다 쓴 비눗갑에 내려앉은 비눗방울 같다
사람이 되진 않고 터져버릴 것 같다

—「같다」 부분

언어에 대한 무능은 『때때로 캥거루』 곳곳에 나타나는 죄의식과 밀접한 관련이 있어 보인다. "나는 내가 나인 게 죄 같았다"거나 "내가 삼킨 건 부르고 싶은 이름일 뿐이었는데/모든 것이 죄가 되었다"는 구절(「죄가 아니다」), "형, 아무래도 전 잘못 태어난 것 같아요"(「러시아 형」), "전 왜 태어났어요?"(「잘잘못」), "한참을 잘못 씌어진 글자 같다/곧 누가 나를 지울 것 같다"(「같다」) 등과 같은 구절에서 드러나는 죄의식은 자신의 존재 이유를 찾지 못하고 잘못 태어난 것 같다는 실존적 인식에서 비롯한다. 그런데 이는 '부르고 싶지만 삼킨 이름'이나 "잘못 씌어진 글자" 등의 표현에서와 같이 언어적인 사태로 서술되어 있다. 시 「같다」를 읽어본다. 이 시는 '~같다'라는 어미를 반복한 형식의 시로, "곧 누가 나를 지울 것 같다" "전기세가 많이 나온다며 엄마가 꺼버릴 것 같다" "내가 먼저 꺼야 하는데/스위치를 잃어버린 것 같다" 등에서 사태나 판단을 기술하는 데 사용된 '~같다'라는 어미는 불확실성을 강조하는 효과를 준다. 이 시에서 '~같다'가 유사성에 근거해 특정 대상을 다른 대상에 빗대기 위해 사용되는 경우에도 "젤리" "비눗방울" 등과 같은 대상은 그 형태가 고정되어 있지 않다는 속성을 지녀 '~같다'의 불확실성을 강조하는 기능과 호응한다. 이 불확실성, 즉 언어와 존재 사이의 간극과 불일치가 강조되는 문장 형식은 "곧 누가 나를 지울 것 같"은 "잘못 씌어진 글자"로서의 자기 인식과 호응하는 것이다.

그런데 여기서 질문을 던져보자. 언어에 대한 시인의 무능이란 시인의 입장에서 할 수 있는 말이 아닐까? 과연 '이름'의 입장에서라면 어떠할까? 이 질문을 염두에 두며 시 「대체」를 읽는다. 이 시는 "여행을 다른 말로 대체할 수 있다면/여행도 여행을 떠날 거예요"라는 문장으로 시작된다. 이 문장은 좀 전의 질문에 대한 중요한 열쇠가 된다. 시인은 "여행"이라는 단어를 다른 말로 대체할 수 있을 때, 즉 ("지은"에 "모두 다른" 이름을 붙이듯) 이 단어를 다른 방식으로 말하거나 혹은 ("나를 잃어버린 임지은"처럼) 단어를 주어진 맥락이나 의미로부터 해체할 때, "여행도 여행을 떠날" 것이라 쓴다. 이 여행은 "알로하, 쥬템므, 구텐탁" 등 외국어를 사용하는 곳에서 모국어를 잃어버리는 것 같은 경험이 될 것이며 그렇게 떠나간 곳에서 "나쁜 버릇도" "좋은 습관이 될 수 있"고 "최고의 울보에겐 올해의 기쁨상이 주어"지듯 기존의 습관과 논리가 무용해지거나 심지어 뒤바뀔 수 있는 경험이 될 것이다. 이 여행은 "모든 게 빠르게 수리되고 있는 세계"의 질서에서 벗어나는 "고장"의 경험이나 다름없으므로, 화자는 이러한 여행을 "고장"이라는 단어로 대체한다. 그렇다면 여행이 다른 말로 대체될 때 "여행도 여행을 떠날 거"라는 말은 다음과 같이 이해해볼 수 있다. 단어는 기존의 맥락과 의미에서 벗어날 때 비로소 여행을 떠나듯 자유를 얻는다. 바로 이 언어의 자유와 해방이 중요하다. 이제 시인에 대한 세번째 명제에 도달한다. 시인이 하는 일이란 자신이 창조한 언어에 자유를 되돌려주는 일일지 모른다.

나무와 철과 플라스틱 등받이가 적절히 배합된
의자를 쪼개고 나누면 재료가 되었다
합치고 조립하면
의자가 되었다

—「신문지」 부분

겉핥을 때는 생기지 않았던 수박을 자르자
넘쳐흐른다
매미와 귀뚜라미
they와 them처럼 올바르게 짝지어진 것들
빨갛게 잘 익은 수박을 찾으려고 관계를 잘라보고 있다

—「수박과 얼룩말」 부분

포획을 피해
상아 없는 코끼리가 태어나듯
편견을 피해 종류 없는 사랑이 태어납니다

개와 새가 하는 사랑

하나와 여럿이 하는 사랑

겨울과 초여름이 하는 사랑

애꾸눈이와 외눈박이가 하는 사랑

—「하루는 일어나는 것으로 시작합니다」 부분

임지은의 시에서 언어에 자유를 주는 방법은 크게 두 가지이다. 첫번째는 한 단어를 다른 단어로 대체하는 것, 두번째는 인용된 시들에서처럼 사물에 의미를 부여하는 관계로부터 사물을 해방하고 새로운 맥락 안에 배치하는 것이다. 먼저 후자에 대해 살펴보면 이러한 배치는 시에서 사물을 쪼개거나 나누거나 잘라내는 행위로 나타난다. 임지은의 시에서는 어떠한 사물(그리고 이 사물의 이름)도 자족적인 의미로 충만하지 않고 관계에 의존해 있기에 그 의미 역시 유동적이다. 그리고 이 쪼개거나 나누거나 잘라내는 행위는 사물을 그것이 얽힌 의미망으로부터 해방하는 것일 뿐만 아니라 "they와 them처럼 올바르게 짝지어진 것들"이나 "편견"과 같이 옳고 그름의 가치 판단에서 자유로워지는 것이기도 하다.

시인은 그렇게 의미의 "포획"을 피해 사물을 새롭게 조립한다. 이 조립술이 만들어낸 어구들은 "시력을 되찾은 자의 안경" "철창 안에 두고 온 파피용의 줄무늬"(「대체」), "주머니 없는 캥거루"(「때때로 캥커루」) 등으로, 이 이미지들은 (캥거루의 주머니처럼) 무언가가 있어야 할 곳에 없고, (시력을 되찾은 자의 안경이나 철창 안 파피용의 줄무늬처럼) 있을 필요가 없는 곳에 있기에 모순적으로 보인다. 이는 사물들의 돌연한 배치를 통해 낯선 감각을 일으키는 초현실주의적인 이미지와 흡사하다. 임지은의 시적 세계에서는 마땅히 존재해야 하는 것으로서의 "정체성"이나 본질이 중요하지 않다("캥거루의 정체성은 다름 아닌 주머니에 있었다//가끔 주머니 없는 캥거루가 태어나기도 했다", 「때때로 캥거루」). 이 세계에는 의미의 구심점으로부터 해방된 이미지들이 다채롭게 펼쳐진다.

나아가 중요한 것은 이 해체와 조립을 통한 해방이 "종류 없는 사랑", 예컨대 "개와 새가 하는 사랑"이며 "하나와 여럿이 하는 사랑"이고 "겨울과 초여름이 하는 사랑"이고 "애꾸눈이와 외눈박이가 하는 사랑"을 가능하게 한다는 사실이다. 관계의 단단한 구속에서 풀려날 때 짝지어질 수 없다고, 공존할 수 없다고 여겨진 것들, 같은 종으로 분류되지 못해왔던 것들이 만난다. "1 더하기 1이 왜 2인지 중요하지 않고/함께인지만 중요"(「프릭과 프레드릭」)한 낯선 조합의 관계를 만들어내는 것. 임지은의 시는 그렇게 자유에서 "사랑"에 이르는 길을 보여준다.

죄가 아닌 마음

그렇다면 이러한 언어의 자유가 역설적으로 시인에게도 자유가 될 수 있을까. 앞에서 부분 인용한 시 「신문지」를 끝까지 읽어본다. "의자를 쪼개고 나누"어 "재료"를 만들고 다시 "합치고 조립"하여 새로운 의자를 만들듯, 화자는 "너무 많은 인간과 함께 있"는 인간을 "신문지에 말아" "농담의 재료로 이용"하려고 한다. 그런데 그렇게 해서 만들어진 농담은 "*인간은 아무리 해도 인간이군요*"라는 "웃기지 않"은 농담일 뿐이다. '농담'을 만들어내는 해체와 조립은 인간에 대해서만큼은 쉽게 해방도 자유도 되지 못하는 듯하다. 마찬가지로 「치료의 이론과 실제」는 환자가 단어를 조합해 일기를 쓰는 과정을 통해 심리 치료를 하는 시적 상황을 다룬다. 선생님에게서 "위로"를 받고자 상담실에 간 화자는 '생일' '선물' '사이다' '휴지'라는 단어가 적힌 "단어 상자"를 받는다. 처음에 화자가 쓴 일기는 "*나는 왜 사나요?*"라는 문장으로 끝나는 부정적인 내용의 이야기였고, 선생님이 그 결말을 바꿔보라 제안하자 화자는 조금 더 유머러스한 이야기를 쓰게 된다. 이 이야기를 들은 선생님의 얼굴은 밝아지지만, 정작 화자는 그렇지 못한 것 같다("선생님은 알전구 같은 표정을 짓는다/상담실이 스스로 밝아지진 않는다"). 그렇게 가까스로 이야기를 조합해냈지만 겨우 조합해낸 이야기처럼 화자의 "가까스로 이어 붙인 얼굴"은 "툭/끊어져버린다". 화자는 더는 병원에 가지 않아도 된다는 진단을 받은 듯하지만, 제목의 말마따나 "치료의 이론과 실제"는 다르다. 시인은 "웃음이 진화하면 사랑입니까?"라며 질문을 던지고 이에 그렇다고 대답하지만, 사랑하는 사람들은 모두 울고 있기에 "너무 사랑해서 웃음을 아끼고 있"다고 쓴 것을 떠올려보자(「웃음의 진화」). 임지은 시의 "사랑하는 사람들"은 정작 슬픔으로부터 좀처럼 빠져나오지 않는 것 같다.

"나한테 왜 그랬어요?"
"모두 널 위한 거야 너도 크면 이해할 거다"

저는 엄마와 아들이 싸우는 현장에 나와 있습니다
아들인 이 모 씨는 엄마가 정해주는 감정에 따르지 않겠다는 입장인데요

"엄마가 하라는 대로 했는데 행복하지 않아요
행복은 엄마가 했겠죠"

[……]

나는 뉴스를 끄고
행복, 안도, 불안, 기쁨, 착잡, 초조, 허무, 답답, 실망, 섭

섭, 끔찍, 기대, 들뜸, 민망, 미묘, 따분, 편안, 이질, 동질,
경이, 흥미, 재미, 괴리, 당혹, 충격, 심드렁 속에 있었다

감정은 입구와 출구가 멀었다
한참을 달려도 나갈 곳을 찾지 못했다
나는 안에 있었다

감정이 있었다

—「감정 교육 뉴스」 부분

엄마와 아들 간의 "감정 교육"이 이루어지는 한 편의 콩트 같은 상황을 뉴스 장면으로 삽입해놓은 「감정 교육 뉴스」는 슬픔과 같은 감정을 사유하는 임지은 특유의 방식을 잘 보여준다. 이를 살펴보기에 앞서 먼저 확인할 것은 이 시뿐만 아니라 임지은의 다른 시에서 감정이나 기분, 생각은 종종 추상적인 개념이 아니라 감각할 수 있는 실체로 외화되어 나타난다는 점이다. 가령 「기분 상점」에서 특정한 기분을 여러 물질이 결합된 것으로 서술하는 대목("안개+레몬=깜짝 선물을 받은 기분/냉장고+인형+시체=심야 택시를 타고 가는 기분/미용실+아스파라거스+돌+향신료=『백 년 동안의 고독』을 읽은 기분")이나 「생각 노트」에서 '생각'을 사물이나 공간, 공식으로 서술하는 대목 등이 그러하다("에어컨 앞에 있었다/덥

다는 생각을 춥다는 생각으로 덮으려고" "생각을 열고 들어가면 시차가 생긴다" "바퀴가 지나간 흔적으로/운전자의 생각을 읽을 수 있다고/믿는 법의학자는 다음의 생각을 공식화한다"). 「오전반이 되었다」에서 "고양이처럼 꼬리를 흔들며 유유히 사라"지는 "슬픔"이라 표현되거나 "영국의 총리였던 윈스턴 처칠은 지독한 우울증을 앓은 탓에 '내 평생을 따라다닌 블랙 도그가 있다'라고 말했다"는 주석이 달려 있는 「돼지는 놀이동산에서 길을 잃었다」에서 처칠의 말을 모티프 삼아 우울이라는 감정을 '검은 개'에서 연상된 "검은 게"로, 다시 "검은 돼지"로 연쇄하는 대목 역시 그러하다.

「감정 교육 뉴스」에서도 '감정'은 "입구"와 "출구"가 존재하는 공간으로 외화되어 나타나는데, 이는 보통 감정을 한 개인의 내면에 속한 무언가로 여기는 일반적인 상식을 뒤집은 표현이다. 예컨대 이러한 상식에 따르면 '나는 행복하다'와 같은 서술이 자연스럽겠지만, 임지은은 "행복 [……] 속에 있었다"라고, 그 감정 "안에 있었다"라고 서술하는 것이다. 이러한 서술을 통해 전면에 부각되는 것은 감정을 느끼는 주체가 아니라 감정 그 자체다("감정이 있었다"). 이와 같이 감정을 객관화된 대상으로 서술하는 방식은 우리의 내면에서 우러나오는 것으로서 진실하고 자연스럽다고 여겨지는 감정 일반을 낯설게 하는 효과를 준다. 「감정 교육 뉴스」에서 그 대상은 감정 중에서도 '행복'이라는 감정이다. 이 시에 삽입된 뉴스에서 '엄마'는 "*모두 널 위한 거*"라는 말로 미래의 행복을 담보 삼아 '아들'을 불행하게 하는 말과 행동을 정당화한다. 이 뉴스에서 드러나는 것은 행복이라는 감정이 그 자체로 당위적으로 따라야 하는 것으로서 사회적 권력 관계를 반영하며 특정한 규범을 강화하는 방식으로 작동함으로써 정작 누군가가 행복으로부터 소외되도록 한다는 사실이다.* 이 시에서는 행복의 이름으로 요구되는 것이 정작 누군가를 불행하게 하는 아이러니가 아들의 말을 통해 드러난다. 이때 이 뉴스를 보고 난 후 화자가 "행복, 안도, 불안, 기쁨, 착잡, 초조, 허무" 등 여러 감정 속에서 "나갈 곳을 찾지 못"하고 있다는 것은 감정의 형상화 방법을 고려했을 때 단지 그 감정 상태에서 벗어나지 못하고 있는 것이 아니라 익숙한 감정을 상대화하며 "감정이 있었다"는 사실 자체를 인식하고 그 작동 방식을 사유하려는 태도로 읽힌다.

자신을 구속하는 것이 오히려 행복과 같은 이름으로 가해지는 규범이기도 하다면, 우리는 왜 이 시집에서 시인이 좀처럼 슬픔에서 벗어나는 대신 이에 골몰하는지

* 이러한 의미에서 행복의 사회적 역학 관계를 살핀 사라 아메드는 『행복의 약속』(성정혜 · 이경란 옮김, 후마니타스, 2021)에서 행복이 어떻게 성차별주의 · 인종주의 · 이성애중심주의 등과 같은 사회적 규범을 강화하고 자연화하는 데 이용되는지 설명한 바 있다.

그 이유에 대해서도 생각해볼 수 있다. 각 시에서 화자는 잘못 걸린 전화벨처럼 "잘못된 생각"(「생각 노트」)에 사로잡히거나, "사람을 죽일 수도 있다"(「기분 상점」)는 기분에 휩싸이기도 하고, "시도 때도 없이 우울"(「삼한사온」)해진다. "지지직거리"는 와이파이, "웅웅 소리가" 나는 냉장고, "페이지를 찾을 수 없습니다"는 의미로 "404 not found"를 띄우는 컴퓨터의 말처럼 고장이나 오작동을 알리는 소음이나 신호는 "기계가 하는 나쁜 말"로 번역된다(「언어 순화」). 시인은 사회적으로 용인되거나 장려되는 잘 마름질된 감정이나 생각이 아니라, 정상에서 벗어나거나 규범에 맞지 않다는 이유로 "나쁜" 것으로 여겨지는 울퉁불퉁한 감정과 생각 들을 직시하고 돌보는 데 집중하는 것으로 보인다.

전화벨이 울린다
두 손으로 귀를 틀어막는다
전화를 받기 싫은 건 죄가 아니다

나를 미워하는 사람의 수가
두 손을 합친 것보다 많다
손가락이 열 개뿐인 건 죄가 아니다

친구는 태어난 적 없다

혼자 있다
친구가 태어나지 않은 건 죄가 아니다

마음은 사전 속에 있다
[명사] 찾으면 사라지는 공간
마음이 바깥에 없는 것은 죄가 아니다

[……]

이 불빛이 끝나는 곳에 문을 연 약국이 있다
죄가 아닌 마음이 있다
바깥으로 만든 사전이 있다

—「죄가 아니다」 부분

「죄가 아니다」에서는 걸려온 전화를 받고 싶지 않거나 많은 사람의 미움을 받거나 친구 없이 혼자 있는 등 잘못되었다거나 심지어 "죄"로도 여겨지는 순간들이 그려진다. 흔히 외로움이라는 감정이나 혼자 있음의 상태는 재빨리 벗어나야 하는 부정적인 것으로 생각된다. 그런 이유로 우리는 지나치게 많은 관계에 항시 접속해 있고 때때로 정작 자신 혹은 누군가에게 해를 끼치는 관계마저 그것을 유지해야 한다는 당위로 인해 애써 지속하고 있기도 하다. 「잘잘못」에는 관계를 통해 서로 오해가 생기고 죄책감을 갖게 되는 뒤엉킨 마음이 그려지기도 한다(“오해를 풀려면 만나야 하는데 우연은 만나지지 않고 얼마든지 안 볼 수 있으니 잘못은 수영장처럼 깊고”). 무엇보다 “*남들 하는 만큼은 해야지/뭐라도 해야지/불안해야지*”와 같은 말들은 “사람을 만나”고 “대화를 통해 옮겨”지며 사회적으로 규범화된 궤도를 따르지 않는 사람들에게 불안과 걱정을 심는다(「1+1」).

그런데 「죄가 아니다」에서처럼 관계에 대한 사회 통념적 당위에 의문이 불쑥 찾아드는 순간에도 이런 마음은 죄스럽게 느껴지기에 떳떳하게 내놓기 어렵기만 하다. 나아가 이 시의 화자는 떳떳하게 자리할 곳 없는 마음을 정의할 수 있는 사전을 찾아보게 되지만, 그 마음은 “찾으면 사라지는 공간”으로 어디에도 존재하지 않는 것 같다. 그렇지만 화자는 이러한 감정들이 “죄가 아니”듯, “마음이 바깥에 없는 것은 죄가 아니”라고 말한다. 그러니까 이 시집에 나타나는 온갖 울퉁불퉁한 감정은 바로 그런 감정들이 “죄가 아니”라는 것을 말해주기 위한 것이 아닐까. 말하자면 이 시집이 바로 그 “죄가 아닌 마음”들을 모은, “바깥으로 만든 사전”인 것은 아닐까. 언어의 자유를 통과해 시인의 자유에 이르는 길은 이처럼 “죄”로 여겨지는 마음들을 그 빗장으로부터 벗겨내어 “죄가 아닌 마음”으로 만들 수 있을 때에야 가능한 일이지 않을까.

그럼에도 유머

그런데 행복과 같은 감정에 결부된 사회적 구속에서 벗어나고자 한다 해서 행복을 포기한다든지 슬픔이나 불행에만 머무르겠다는 의미는 아니다. 차라리 행복이나 불행의 다른 의미 가능성을 발명하는 시도라고, 임지은의 시는 바로 이러한 일을 하고 있는 것으로 보인다. 특히 이는 『때때로 캥거루』에서 유머의 힘을 통해서 이루어진다. 가령 임지은의 시에서 "춤추는 사람은 낙관주의자입니다/문워크를 할 때조차 앞으로 나아가고 있으니까요" "엄마는 따뜻한 아이스아메리카노입니다/가끔은 말도 안 되거든요"(「유머 있는 라이터」)와 같이 "앞으로 나아가"는 "문워크"라든지 "따뜻한 아이스아메리카노"와 같이 의미론적으로 성립 불가능한 "말도 안 되"는 말들이 발생시키는 웃음을 생각해보자. 이처럼 『때때로 캥거루』에서 유머는 세계의 의미망을 새롭게 짜는 강력한 자원이 된다.

정육면체는 여섯 개의 면을 가지고 있습니다
그건 좋지도 싫지도 않은 일입니다
면이 늘어난다면
육면체를 벗어나게 됩니다

동그래져서 굴러가는 오렌지가 아닌 것들

인생도 여섯 개의 면을 가지고 있습니다
그건 좋기도 싫기도 한 일입니다

긍정: 더울 때 에어컨을 켤 수 있다
부정: 에어컨이 없을 수 있다
다정: 부채를 빌려줄 수 있다
요정: 겨울을 가져올 수 있다
행정: 좀 복잡할 수 있다
결정: 선풍기를 틀 수 있다

[……]

함정으로 가득하지만
내가 인생에서 가장 중요하게 생각하는 면은
밝은 면도, 어두운 면도 아닌
바로 웃긴 면입니다

—「인생의 밝은 면」 부분

「인생의 밝은 면」에서 인생에 빗대진 정육면체는 "여섯 개의 면"을 가지고 있다. 만약 "면이 늘어난다면" 어떨지 가정을 해본다면, 이 정육면체는 "육면체"로서의 본질을 "벗어나게" 되어 육면체도 "오렌지"도 아닌 규정

될 수 없는 무언가가 될 것이다. 임지은의 시에서 이러한 가정은 곧 시적 상상력의 작동 원리이기도 하다. 제한된 선택지에 갇히지 않고 더 많은 잠재성을 끌어내는 것. 기존에 없던 새로운 이름을 부여하는 것. 그리고 그 이름이 오렌지처럼 동그란 모양이 되어 스스로 굴러가도록 자유를 주는 것. 이어 이 육면체가 인생에 빗대어 서술되는 부분을 보면, "더울 때"라는 상황에서 우리가 선택할 수 있는 여섯 가지의 선택지가 긍정, 부정, 다정, 요정, 행정, 결정과 같은 이름으로 압축되어 제시되어 있다. 이 각각은 우리에게 행복이나 불행을 느끼게 하듯 "밝은 면"일 수도 "어두운 면"일 수도 있지만 시인에게 중요한 것은 이 두 가지가 아니다. 그에게 중요한 것은 바로 인생이라는 정육면체에 없는 "웃긴 면"으로, 이는 '없는' 면이기에 더 이상 정육면체의 모양을 정육면체가 아니게 한다. 이 모양이란 "인생" 즉 삶의 형식이기도 하고 인식의 틀이기도 할 것이다.

앞서 임지은 시의 시적 원리 중 하나로 "대체"를 언급한 바 있다. 이 시집에서 유머러스함은 "주머니 없는 캥거루"나 "뜨거운 아이스아메리카노"와 같이 모순되는 단어나 어구를 조합하는 방식뿐만 아니라 한 단어를 다른 범주의 단어로 대체하는 방식에서도 비롯한다. 「러시아 형」에 등장하는 '러시아 형'이라는 이름은 "러시아"의 "형식주의자"에서 따온 이름으로, 그는 자신이 "잘못 태어난 것 같"다는 화자에게 진지하게 조언을 하다 술에 취해 코를 골며 잠드는 인물로 그려진다. 「구태여, 씨의 이사」에는 "구태여" "일부러" "기어이"라는 이름을 가진 인물들이 등장하며 "구태여"의 이사와 그 집에 나머지 두 인물이 놀러 온 장면이 그려진다. 「분리수거 낭독회」는 "종이" "유리" "캔" "플라스틱"이 각각 등장하며 저마다 시를 낭독하는 장면을 그린다.

「분리수거 낭독회」에는 "팀 '분리수거'는 시와 분리수거를 접목해 네 명의 시인이 종이(김은지), 유리(강혜빈), 캔(한연희), 플라스틱(임지은)의 물성을 이야기해왔다. 2018년부터 지구에서 만난 사물들에 관한 시를 써보는 〈분리수거 낭독회〉를 진행하고 있다"는 주석이 달려 있다. 이 때문에 이 시의 네 가지 사물은 각 시인을 가리키는 것으로 읽힌다. 하지만 이 시에서 이 사물들은 단순히 각 시인에 대한 보조관념으로 동원된다거나 의인화된 사물이라 하기에 각 사물의 물성이 강조된다. "오늘은,//캔이 누군가의 손가락을 베지 않은/종이가 함부로 구겨지지 않은/유리가 자신의 속을 훤히 비친 날이었다"는 구절에서처럼 이 사물들은 각 서술부의 주어이자 행위 주체로 충실하게 기능한다. 이를 염두에 두고 「러시아 형」이나 「구태여, 씨의 이사」를 읽을 때, 이 두 시도 유사한 방식으로 해석될 수 있다. 두 시에서 "러시아 형" 이나 "구태여" 등과 같은 인물이 각각 러시아 형식주의

혹은 '구태여'라는 부사에서 환기되는 어떤 속성을 지닌 특정한 인물을 가리킨다고 해석하는 것은 각 시를 읽을 때의 경험을 충분히 설명하지 못한다. 이 시들이 낯설게 느껴지는 것은 러시아 형식주의라는 추상적인 관념이 친근하고 우스꽝스럽기도 한 구체적인 인물로 등장하고 있다는 점, 그리고 문장에서 보통 부차적인 기능을 하기에 불필요한 것으로도 여겨지는 부사가 명사이자 주어로 기능하고 있다는 점에 있다. 사람/사물, 추상/구체, 주어/부사어/시술이 등의 범주를 태연하게 넘나들며 단어를 대체하는 데서 웃음이 발생한다.

시의 제목이기도 한 "그럼에도 상자하고"는 "그럼에도 불구하고"라는 관용구에서 '불구'라는 단어를 '상자'라는 단어로 대체한 어구다. 앞선 시에서 다른 단어로 대체된 단어들이 기존의 단어와 의미상 유사한지가 중요하지 않듯 여기서도 "상자"라는 단어의 의미를 확정하려는 시도는 무용하다. 「그럼에도 상자하고」에서는 이것이 "상자"에 담긴 내용물이 무엇인지 밝혀지지 않는 상황으로 암시된다. 시적 상황을 간략히 간추려본다. "받는 사람 없이" 택배가 도착하고, 가족들은 저마다 이 택배에 "*소중한 것이 들어 있단 느낌*"을 느끼며 이 상자가 자신의 것이라 주장한다. "*가져서는 안 되는 것이 들어 있*"기에 "*아무도 열어보지 않는*" 것이라는 말에 모두 상자를 열지 않는다. 그러다 저녁이 되어 "*중요한 것*

이 들어 있다면 열어봐야 하지 않"겠느냐는 말에 상자를 연다. "*상자를 흔들었지만/아무 소리도 들리지 않는군*"이라는 말에 이미 상자에 무엇도 들어 있지 않을 것이라는 사실이 예고되었듯 "상자에는   이 들어 있었다"고 서술된다. 이 문장은 상자에 아무것도 들어 있지 않음이 아니라 비어 있음 자체를 표시한다. 비어 있는 상자는 단지 텅 빈 기표를 은유하는 것이 아니다. 이 시는 상자 속에 든 것이 무엇인지가 아니라 상자가 무엇을 하는지 주목하게 하기 때문이다. 상자는 "저녁"이나 "아침"처럼 "왔다"고 서술되고, 그 안에 든 것이 가족들 저마다 자신의 것인 양 느껴지게 하고, "어제"로 가고 "오늘"을 살고 "미래"가 도착하게 한다. 이 빈칸은 무의미의 공허가 아니라 잠재성의 충만함이다. "문 앞에 놓인 상자를 가지고 들어오며/나는 열린 사람이 되었다"는 마지막 구절은 이러한 의미로 읽힌다.

> 자신은 책이 아니라고 생각하는 책이 있었다
> 인쇄된 지 얼마 되지 않은 이 책은
>
> 서점으로 끌려갈 참인데
> 가지 않으려면 자신이 노북NO BOOK이라는 증거를
> 대야 했다

저는 빈 페이지가 많습니다
읽을거리가 없습니다
펼치면 하품이 나옵니다
검은 것은 글자가 아닙니다, 흰 것은 살입니다

[……]

조금 울어서 울퉁불퉁해진 책을 서점에 진열했다

노북, 자신을 사람이라
여긴 책의 이야기!

그는 사람을 다루지 않은 최초의 위인전이 되었다

빈칸이 많은 나에게
넌 쓸 곳이 많구나, 펜을 쥐여주었다

—「이것은 책이 아니다」 부분

이 시는 르네 마그리트의 파이프 그림 속 구절 "이것은 파이프가 아니다"를 모티프로 삼아 자신이 책이 아니라고 생각하는 책의 이야기를 유머러스하게 그린다. 내용물이 없는 상자처럼 "빈 페이지가 많"고 "읽을거리가 없"는 이 책은 자신이 책이 아니라 사람이라고 주장

한다. 그런데 책으로서의 정체성에서 벗어나 "노북NO BOOK"이라 이름 붙은 이 책은 결국 서점에 진열되고, 이 책은 "사람을 다루지 않은 최초의 위인전"이라는 모순으로서만 성립하는 존재의 가능성을 연다. 책이면서도 사람이라는 모순적인 존재로서의 암시는 마지막 두 행에서도 드러난다. "빈칸이 많은 나에게/넌 쓸 곳이 많구나, 펜을 쥐여주었다"에서 '나'는 그 책인 것처럼 그려지는 동시에 "펜을 쥐여주었다"는 데서 책의 빈칸에 글자를 채울 사람 역시 '나'인 것으로 제시된다.

한편 우리는 이 마지막 구절에 와서야 이러한 질문을 해볼 수 있게 된다. 시를 쓰는 자와 씌어지는 것이 분리되지 않는다면, 어쩌면 언어의 자유와 시인의 자유를 분리해서 논했던 이 글의 전제가 애초에 틀린 것은 아니었을까? 언어의 자유에 이르는 길과 시인의 자유에 이르는 길은 분리될 수 있는 것일까? 어쩌면 언어의 자유와 시인의 자유가 만나는 이 장면에 도달하고자 이 글이 씌어졌던 것은 아닐까? 『때때로 캥거루』의 마지막 시는 언어의 '여행'이 도달하게 된 지점을 보여준다. 언어의 빈 공간을 활성화하고 열어젖히는 시. '열린 사람'이 되는 시인. 언어에 자유를 부여해 스스로 자유로워지는 시인. 시의 자유는 아마도 여기에 있을 것이다. ▨